Analyse de l'œuvre

Par Elise Vander Goten

Premier sang

Amélie Nothomb

lePetitLittéraire.fr

Analyse de l'œuvre

Par Elise Vander Goten

Premier sang

Amélie Nothomb

lePetitLittéraire.fr

Rendez-vous sur lepetitlitteraire.fr et découvrez :

Plus de 1200 analyses
Claires et synthétiques
Téléchargeables en 30 secondes
À imprimer chez soi

PREMIER SANG

UN HOMMAGE À PATRICK NOTHOMB

- **Genre :** roman
- **Édition de référence :** *Premier sang*, Paris, Albin Michel, 2021, 180 p.
- **1re édition :** 2021
- **Thématiques :** enfance, paternité, diplomatie, famille, passage à l'âge adulte, prise d'otages, aristocratie.

Paru le 18 aout 2021 chez Albin Michel, *Premier sang* est le trentième roman publié par Amélie Nothomb et son centième manuscrit. Récompensé par le prix Renaudot 2021, il constitue un hommage au père de l'auteure, le diplomate belge Patrick Nothomb, qui s'est éteint à l'âge de 83 ans des suites d'une crise cardiaque le 17 mars 2020.

À travers une biographie retraçant les 28 premières années de sa vie, Amélie Nothomb évoque ainsi son enfance, ses étés passés chez son grand-père, le poète Pierre Nothomb, ses premiers émois amoureux, ainsi que ses débuts en tant que diplomate et son rôle de négociateur lors de la prise d'otages de Stanleyville en 1964.

Elle décide d'écrire ce livre six mois après la mort de son père, car elle ne parvient pas à faire son deuil. Pour cette raison également, elle fait le choix d'une narration à la première personne, espérant qu'en devenant son père, elle parviendra à mieux le comprendre. L'histoire telle qu'il la décrit dans son propre livre, *Dans Stanleyville*, lui apparaissait en effet incomplète, car elle ne décrivait pas l'émotion qu'il avait pu éprouver, confronté à l'imminence de la mort.

AMÉLIE NOTHOMB

ÉCRIVAINE FRANÇAISE

- **Né en 1966 à Etterbeek**
- **Quelques-unes de ses œuvres :**
  - *Hygiène de l'assassin* (1992), roman
  - *Stupeur et Tremblements* (1999), roman
  - *Soif* (2019), roman

Fabienne Claire Nothomb, plus connue sous le pseudonyme d'Amélie Nothomb, nait en 1966 à Etterbeek dans une famille de la noblesse belge. Son père étant diplomate, sa famille déménage à plusieurs reprises quand elle est enfant, notamment au Japon. De retour en Belgique à 17 ans, elle termine ses humanités à Uccle, puis s'inscrit en première année de droit, mais poursuit en définitive une licence en philologie romane à l'Université Libre de Bruxelles et passe l'agrégation pour devenir professeure de français. Après ses études, elle retourne au Japon, où elle est engagée en tant qu'interprète dans une entreprise japonaise.

Hygiène de l'assassin, son premier roman, est édité en 1992 par Albin Michel. Le succès qu'il rencontre immédiatement auprès du public fait d'Amélie Nothomb une écrivaine de renommée internationale, traduite dans plus de 40 langues. Se qualifiant elle-même de « graphomane », elle publie depuis un roman par an, et remporte régulièrement des prix prestigieux, notamment le grand prix du roman de l'Académie française pour *Stupeur et tremblements* en 1999. Son roman *Soif* figurait par ailleurs dans la dernière sélection du prix Goncourt en 2019.

Elle vit aujourd'hui à Bruxelles, et est connue à travers le monde tant pour son talent littéraire que pour son excentricité.

RÉSUMÉ

L'ENFANCE

Début 1937, André Nothomb, un militaire âgé de 25 ans à peine, meurt lors d'un exercice de déminage. Effondrée par le chagrin, sa femme Claude porte le deuil avec froideur et dignité, mais peine à s'occuper seule de son fils, Patrick, âgé de huit mois lors du drame. Voyant qu'elle peine à concilier son chagrin et sa maternité, sa mère propose alors de s'occuper du nourrisson, qui est donc élevé par ses grands-parents maternels.

À l'occasion de son quatrième anniversaire, sa grand-mère suggère que sa mère pose avec son enfant pour monsieur Verstraeten, un peintre reconnu. À contrecœur, Claude accepte, et le peintre, subjugué par la beauté de la jeune veuve, représente celle qu'elle était avant la perte de son mari : une femme et une mère aimante. Bien qu'elle aime ce tableau, elle prétend néanmoins le contraire, et la toile est accrochée dans la chambre de Patrick.

Plus tard, alors que Patrick a atteint l'âge de six ans, son grand-père maternel estime qu'il doit s'endurcir avant de faire sa rentrée à l'école primaire et l'envoie passer l'été chez son grand-père paternel, le baron Pierre Nothomb, qui vit avec sa femme et ses nombreux enfants au Pont d'Oye, un château délabré dans les Ardennes.

Si le baron parait très distingué à Patrick lorsqu'il le rencontre pour la première fois, le petit garçon est toutefois très étonné quand il fait connaissance avec ses nombreux oncles et tantes : des enfants squelettiques et vêtus de haillons.

Le mode de vie de la famille Nothomb, en effet, est particulier. Lors des repas de famille, le patriarche se sert en premier, suivi de sa femme, puis de ses enfants plus âgés. Les plus jeunes sont les moins nourris, et par conséquent les plus maigres.

Patrick perd de ce fait beaucoup de poids pendant son séjour. De retour à Bruxelles, sa grand-mère maternelle est scandalisée de le trouver amaigri et sale, pourtant il affirme avoir passé d'excellentes vacances et vouloir retourner dès que possible au Pont d'Oye. Lui qui a grandi seul et entouré de personnes âgées a beaucoup apprécié faire partie d'une bande d'enfants et jouer au football.

Malgré les protestations de sa grand-mère maternelle, il retourne donc séjourner dans les Ardennes chaque année pendant les congés de Noël et pendant les vacances d'été.

L'ADOLESCENCE

L'été de ses 15 ans, alors que Patrick séjourne à Pont d'Oye, il voit sa tante Lucie saigner du nez et perd connaissance. De là, il réalise qu'il s'évanouit à la vue du sang, ce qui deviendra pour lui un complexe et un motif de moquerie pour ses camarades.

De retour à Bruxelles, son meilleur ami Jacques, atteint de la tuberculose, le convainc d'aller guetter les jeunes filles du collège Sainte Ursule à la sortie des classes, mais pris d'une quinte de toux, Jacques crache du sang et Patrick s'évanouit. Lorsqu'il se réveille, son ami a disparu, remplacé par une belle adolescente du nom d'Édith, pensant que c'est lui et non Jacques qui est atteint de la tuberculose. Infirmière en devenir, elle prend soin de Patrick, qui la persuade de le revoir, mais Edith met un terme à leur relation quand elle apprend que le garçon n'est pas véritablement malade. Il n'en éprouve toutefois pas un grand chagrin et est davantage peiné d'avoir perdu son ami Jacques, qui a dit à toute la classe qu'il s'évanouissait à la vue du sang après que Patrick lui a reproché d'avoir fui à Sainte Ursule. Il passe donc les dernières années de sa scolarité en compagnie d'Hubert, un garçon qui lui apparait d'une grande sagesse et d'une grande douceur.

L'ÂGE ADULTE

À 18 ans, Patrick quitte Bruxelles pour étudier le droit à l'Université de Namur, où il vit avec un autre étudiant du nom de Henri. Tous deux originaires de Bruxelles, ils fréquentent les mêmes soirées mondaines, lors desquelles ils font la rencontre d'une jeune femme du nom de Françoise, dont Henri tombe très amoureux. Comme il ne sait pas comment l'aborder, Patrick lui propose d'écrire à sa place à sa dulcinée, qui répond à ses lettres de manière enflammée, mais se montre d'une grande froideur lorsqu'elle croise son prétendant. Pour tenter de comprendre son comportement glacial et contradictoire à l'égard de son ami, Patrick décide de se rendre chez elle et fait la rencontre de sa petite sœur, Danièle, qui lui avoue avoir rédigé à la demande de Françoise les lettres écrites à l'attention d'Henri. Ce malentendu éclairci, elle pousse sa sœur à accepter l'une des nombreuses invitations d'Henri et à compter de ce jour, ils n'ont plus besoin d'intermédiaires dans leur relation. Patrick continue pourtant de rendre visite à Danièle, dont il est tombé amoureux. Enfin, lorsqu'elle atteint l'âge de 18 ans, il la demande en mariage, mais Pierre Nothomb s'oppose à leur union sous prétexte que Danièle n'est pas assez noble, son père ayant épousé une roturière. Pour autant, Patrick ne renonce pas à cette relation et emmène sa fiancée au Pont d'Oye pour la présenter aux Nothomb, qui se montrent grossiers à son égard. Son grand-père exprime à nouveau sa désapprobation auprès du père de la mariée le jour des noces, mais cesse après que ce dernier l'a remis à sa place.

Entretemps, Patrick a terminé ses études et a passé avec succès le concours diplomatique. Pendant deux ans, il travaille au Ministère des Affaires étrangères avant d'être affecté au Congo, où il s'installe avec Danièle et leur premier enfant, André. En aout 1964, il est toutefois contraint de s'absenter de Kinshasa quelques jours pour rejoindre Stanleyville, où l'ambassadeur de Belgique l'a nommé consul. Des rebelles marxistes opposés au régime le prennent alors en otage, lui et les 1500 autres blancs qui résidaient dans cette ville. Enfermé dans un hôtel, il passe plusieurs mois à négocier leur liberté auprès du président Gbenye. Il est sur le point d'être fusillé lorsque ce dernier intervient et lui annonce qu'il ne s'agissait en définitive que d'une plaisanterie.

Le 14 novembre 1964, lui ainsi que d'autres otages parviennent finalement à s'échapper lorsque débarquent les parachutistes belges, mais de nombreuses victimes sont à déplorer.

ÉTUDE DES PERSONNAGES

PATRICK NOTHOMB

Patrick Nothomb est un enfant solitaire issu de la noblesse belge, souffrant de l'absence de son père mort à la suite d'un exercice de déminage. Sa solitude est d'autant plus palpable qu'à la suite de ce drame, sa mère s'est détournée de lui, tant sa peine d'avoir perdu son mari était forte. Il grandit donc à Bruxelles chez ses grands-parents maternels, entouré des soins de sa grand-mère, qui est particulièrement attentionnée à son égard. Son grand-père, un ancien général, est quant à lui soucieux d'aguerrir son petit-fils, qu'il décide d'envoyer passer ses étés dans la famille de son père.

En quête d'une figure paternelle, Patrick est ravi d'en apprendre davantage sur cette branche de son arbre généalogique. Aux côtés des Nothomb, il découvre un mode de vie radicalement différent du sien, plus rude à bien des égards, mais aussi plus convivial. Il estime par ailleurs beaucoup Pierre Nothomb, son grand-père paternel, dont il tient sa passion pour la littérature. C'est en effet au Pont d'Oye que Patrick découvre pour la première fois la poésie : celle de son aïeul, d'abord, puis celle de Rimbaud. Il apprécie en particulier *Le bateau ivre*, exaltant les eaux sombres des cours d'eau ardennais.

À cette époque, il envisage deux carrières : celle de gardien de but et celle de chauffeur de train. À l'adolescence, il n'ose cependant aborder le sujet avec ses grands-parents maternels, pressentant que ces deux vocations seraient considérées comme ridicules.

À l'instigation de son grand-père maternel, il entame finalement des études de droit en vue de devenir diplomate. Il met ainsi son amour des mots au profit du maintien de la paix, l'art de la parole devenant son arme la plus précieuse.

CLAUDE LANCKSWEERT

Claude perd son époux dans un accident de déminage alors qu'elle vient de l'épouser. Abattue, elle résout de ne jamais se remarier et endosse son rôle de veuve avec sérieux et gravité. À 25 ans seulement, la joie qui l'habitait disparait alors de son visage, remplacée par l'expression de son chagrin.

Loin de combler l'absence de celui qu'elle aime, son fils Patrick, qui n'a que huit mois au moment du drame, lui rappelle ce bonheur perdu. Bien qu'il soit désespérément en manque d'amour maternel, elle s'occupe donc peu de lui et le confie à ses parents tandis qu'elle court les mondanités.

Belle et élégante, elle manifeste une grande froideur à l'égard de tous ceux qu'elle y croise, y compris ses quelques courtisans. Claude, en effet, plait aux hommes. Bien qu'elle se refuse à en aimer un autre que son mari, elle se laisse séduire par le peintre que sa mère a engagé pour les représenter, elle et son fils. La peinture achevée, elle réalise qu'il a capturé un instant d'égarement, s'en veut et s'empresse de marquer ses distances avec celui-ci, en disant détester son tableau.

PIERRE NOTHOMB

Pierre Nothomb est le père d'André Nothomb et le grand-père de Patrick Nothomb. Issu d'une noble famille belge, il est baron et, en tant que tel, réside au château du Pont d'Oye dans les Ardennes avec sa deuxième femme et ses nombreux enfants.

L'aristocratie ne suffisant pas à remplir sa bourse, les plus jeunes d'entre eux ne mangent pas à leur faim et sont vêtus de guenilles, mais il ne semble pas le remarquer. Il est pour sa part élégamment vêtu et se sert toujours le premier lors des repas. Du reste, il se refuse à se soucier d'argent, une préoccupation qu'il juge trop vile pour un homme de sa condition. Il préfère consacrer son temps à écrire des poésies qui ne lui rapportent pas un sou et ne gagne pas non plus très bien sa vie en tant qu'avocat, car il ne choisit pas les affaires les plus rémunératrices, mais celles dont la médiatisation est susceptible de lui conférer un certain prestige.

Il a par exemple défendu Léontine, une femme accusée d'avoir empoisonné son mari et que les preuves accablaient. Afin de la tirer de ce mauvais pas, il a promis aux jurés de l'engager comme cuisinière au sein de sa propre maison s'ils l'innocentaient et a tenu parole.

Si sa femme admire son désintéressement, son fils Jean s'insurge qu'il n'ait à ce point aucune conscience des réalités. Il est à ses yeux imbu de sa personne, trop égocentrique pour se soucier du sort de ses enfants. Quant à Patrick, il pardonne volontiers l'étourderie de son grand-père, qu'il apprécie beaucoup.

Il marque toutefois son désaccord avec ses idées conservatrices lorsqu'il en vient à insulter le père de Danièle, sa fiancée, car il estime que son sang n'est pas suffisamment bleu pour les Nothomb.

DANIÈLE SCHEYVEN

Danièle est la fille du chevalier Guy Scheyven, issu d'une famille de la noblesse belge, et de Guislaine Boucher, issue de la bourgeoisie tournaisienne. Elle a 16 ans lorsqu'elle rencontre Patrick, venu chez elle pour interroger sa sœur Françoise à propos de son ami Henri, qui se languit d'amour pour elle. Sa vivacité d'esprit, sa beauté et son entrain le séduisent aussitôt, si bien qu'il trouve mille prétextes pour lui rendre visite, en attendant qu'elle atteigne la majorité. Il est définitivement conquis lorsqu'elle lui laisse entrevoir pour la première fois son caractère bien trempé et qu'il la voit se mettre en colère contre sa sœur, qui la trouve trop jeune pour être courtisée. Alors qu'elle vient d'avoir 18 ans, il s'empresse donc de la demander en mariage, et elle accepte avec joie.

Sa rencontre avec les Nothomb est toutefois une véritable épreuve pour elle, car Pierre Nothomb désapprouve leur union. Elle qui d'ordinaire est plutôt volubile, son angoisse se traduit par une grande introversion, et est mal interprétée par la grand-mère de Patrick, qui la croit stupide. Furieux, Patrick se montre cependant d'un soutien indéfectible envers celle qu'il aime, et se bat pour l'épouser.

CLÉS DE LECTURE

UN CONTE (AUTO)BIOGRAPHIQUE

Premier sang est un récit de la vie du père d'Amélie Nothomb et, à ce titre, doit être considéré comme une biographie. L'utilisation de la première personne tend cependant à le rapprocher du genre autobiographique, défini comme le récit qu'une personne fait de sa propre vie. Or l'appartenance à ce genre repose sur deux conditions : la première est que le narrateur et le personnage principal doivent être une seule et même personne, ce qui est le cas ici ; la seconde est que le « je » du narrateur doit aussi être le « je » de l'auteur.

Or, ce livre n'a pas été écrit par Patrick Nothomb lui-même, mais par sa fille, qui prétend lui redonner vie par l'écriture.

Pour autant, les évènements qu'elle rapporte ne lui sont pas tout à fait étrangers, puisqu'ils concernent son histoire familiale, qui représente une part importante d'elle-même. Effectivement, le simple fait de son existence dépend du dénouement de ce livre, puisque si la prise d'otages de Stanleyville avait pris un tournant différent, elle n'aurait jamais vu le jour. Par là même, les deux dernières phrases de son livre constituent une annonce de sa venue au monde :

- *Voulez-vous avoir un troisième enfant ?*
- *Cela dépendra de vous, Monsieur le Président.* (p. 171)

La nature exacte de ce texte peut donc être débattue. Amélie Nothomb qualifie pour sa part cet ouvrage de « roman », ce qui implique une part de fiction, et permet à l'auteure de prendre certaines libertés vis-à-vis de la réalité. On parle alors d'autofiction ou de roman personnel, genre hybride où réalité et fiction se confondent, si bien que le lecteur peine à distinguer le vrai du faux.

Quoi qu'il en soit, les faits rapportés dans *Premier sang* et ses nombreux écrits à teneur autobiographique sont présentés par l'auteure comme véridiques, ce qui implique un pacte de lecture conclu entre elle et ses lecteurs, ceux-ci attendant de l'écrivaine une certaine sincérité.

Amélie Nothomb transgresse pourtant régulièrement ce pacte. Dans *Stupeur et tremblements*, où elle rend compte du monde de l'entreprise japonaise qu'elle a elle-même eu l'occasion de côtoyer, elle affirme par exemple être née au Japon, alors qu'il a depuis été démontré qu'elle est née à Etterbeek, en banlieue bruxelloise. Elle peut de cette manière crédibiliser toutes sortes d'assertions sur la culture nippone, sous prétexte que le Japon est son pays natal.

La frontière entre fiction et réalité apparait tout aussi mince dans *Premier sang*. N'ayant jamais connu son grand-père, l'auteure ne peut en effet prétendre refléter parfaitement la réalité, d'autant que les évènements qu'elle rapporte se sont produits avant sa naissance.

Olivier de Trazegnies, l'ainé des petits-enfants de Pierre Nothomb, s'est d'ailleurs insurgé de voir son grand-père présenté dans ce livre comme un personnage monstrueux. Il s'est exprimé à ce sujet dans un article sur le site de La Libre Belgique, affirmant que, les noms des protagonistes n'ayant pas été modifiés, il s'agissait non pas d'un roman, mais d'une « biographie d'humeur » et que Pierre Nothomb, bien loin du portrait qui en est fait dans *Premier sang,* était à ses yeux un homme pourvu d'une grande culture, qu'il avait à cœur de transmettre à ses petits-enfants.

Comme dit plus haut, Amélie Nothomb n'a cependant jamais prétendu livrer la vérité absolue au travers de ses livres, qu'elle revendique comme étant des romans. Que ce soit dans *Stupeur et tremblements* ou dans *Premier sang,* elle cultive une certaine ambigüité de façon à pouvoir s'éloigner de la réalité et, au besoin, l'exagérer pour rendre ses écrits plus percutants, plus drôles et plus captivants.

Bien que nombre des évènements relatés dans les écrits d'Amélie Nothomb soient vérifiables et qu'elle s'inspire indubitablement de ses propres expériences, nombre de ses textes relèvent donc davantage de la fable, voire d'un genre inédit qu'André Leblanc, professeur de littérature française à l'université de Dalarna, qualifie de conte autobiographique.

L'hyperbole

Amélie Nothomb a fréquemment recours dans ses écrits à l'hyperbole, une figure de style reposant sur l'exagération et visant à mettre en valeur un élément de manière positive ou négative pour renforcer ses idées, qui apparaissent dès lors plus percutantes pour le lecteur. Elle est souvent employée de manière ironique, pour créer un effet humoristique.

UNE CRITIQUE DE L'ARISTOCRATIE

À travers le personnage de Pierre Nothomb, Amélie Nothomb livre dans *Premier sang* une critique de l'aristocratie belge, un milieu qu'elle connait bien pour y appartenir. Son arrière-grand-père, en effet, est décrit dans son livre comme un monstre d'égoïsme, négligeant de nourrir et de vêtir décemment ses enfants. Convaincu de son propre génie, il impose à sa famille ses poésies alambiquées, et fait mine de ne pas voir la misère dans laquelle ils sont contraints de vivre par sa faute.

Patrick Nothomb éprouve néanmoins une grande tendresse à son égard. Pour lui, son grand-père n'agit pas à dessein, mais parce qu'il est « dans la lune » (p. 63). Sa tolérance n'atteint ses limites qu'une fois qu'il a atteint l'âge adulte, et que Pierre Nothomb s'attaque à celle qu'il aime. Jugeant que la fiancée de son petit-fils n'a pas le sang suffisamment bleu, il apparait alors sous un nouveau jour à Patrick. Pour la première fois, il prend conscience de « l'arriération du monde auquel il appartient » (p. 132), et s'oppose à cet homme qu'il admirait tant enfant, et dont il qualifie le langage de « suranné » (p. 132).

Comme expliqué plus haut, ce portrait que dresse Amélie Nothomb de son aïeul n'a cependant pas vocation à être parfaitement réaliste. Elle a forgé son personnage en s'inspirant de ses écrits et des histoires qu'elle a pu entendre à son sujet pour dénoncer l'attitude arrogante de certains aristocrates.

Le sujet est également abordé dans *Le crime du comte Neville*, un autre ouvrage d'Amélie Nothomb paru en 2015 et mettant en scène un père de famille issu de la noblesse belge. Ce dernier s'apprête à donner une réception dans son château ardennais, lorsqu'une cartomancienne lui apprend qu'il tuera l'un de ses invités le soir même. Il réfléchit alors à un moyen de mettre à mort l'un de ses convives tout en respectant les bonnes manières, ce qui exclut toute préméditation... Si le château évoque la demeure de Pierre Nothomb, le personnage principal est quant à lui inspiré du père d'Amélie Nothomb, qui en tant que diplomate avait coutume de recevoir beaucoup de monde. Lasse de ces mondanités, sa fille réalise à travers ce livre un fantasme, celui du meurtre d'invités, et en profite pour mettre en cause l'hypocrisie de ce milieu où les apparences l'emportent sur tout le reste.

L'ENFANCE ET LE PASSAGE À L'ÂGE ADULTE

Une part importante de *Premier sang* est consacrée aux jeunes années de Patrick Nothomb, que sa fille décrit comme un enfant doux et calme, mais souffrant de la solitude. La disparition de son père de même que l'indifférence de sa mère l'ont en effet profondément meurtri. Privé d'une figure paternelle, il essaie de combler le manque qu'il ressent au plus profond de lui auprès de ses deux grands-pères, mais le fossé générationnel est trop important pour y parvenir :

> *La fin de l'enfance ne me souriait pas. Mon seul vrai désir consistait à voir un père. J'avais deux grands-pères auxquels j'avais longtemps prêté ce rôle. Hélas, avec le temps, je commençais à comprendre qu'ils ne convenaient pas.* (p. 100-101)

Cette absence de référent masculin se fait d'autant plus ressentir à l'adolescence, lorsqu'il comprend qu'il doit dire adieu à ses rêves d'enfant. Lui qui se rêvait gardien de but ou chauffeur de train réalise soudain que de telles carrières ne sont pas envisageables dans une famille telle que la sienne, issue de l'aristocratie. Vu sa propension à s'évanouir à la vue du sang, il ne peut non plus devenir ni militaire ni auteur dramatique, et se tourne dès lors vers la diplomatie.

De telles problématiques, liées à une enfance solitaire et aux difficultés du passage à l'âge adulte, sont abordées dans plusieurs autres romans d'Amélie Nothomb.

Robert des noms propres raconte par exemple l'histoire de Plectrude, une jeune orpheline élevée par sa tante après que sa mère ait tué son père puis se soit suicidée en prison. Danseuse de ballet, elle devra renoncer à sa passion suite à des problèmes médicaux liés à son anorexie. De même, Blanche, dans *Antéchrista*, est un personnage très isolé, qui n'a jamais eu d'amis et passe tout son temps à lire seule dans sa chambre ; Sérieuse, dans *Le Crime du comte Neville*, est une jeune fugueuse souffrant d'appartenir à une famille d'aristocrates ; et Joe Whip dans *Tuer le père* est un adolescent passionné par la magie, qui n'a jamais connu son père et que sa mère a mis à la porte après être tombée amoureuse.

La récurrence de ce thème est sans doute due à l'histoire personnelle d'Amélie Nothomb. À sa naissance, ses parents attendaient en effet un petit garçon. Enfant, elle éprouve de ce fait un sentiment d'exclusion, car elle a l'impression d'être une déception pour ses parents. De manière générale, elle vit pourtant une enfance heureuse, tandis que son adolescence vire au cauchemar l'année de ses 12 ans, lorsqu'elle est victime d'une agression sexuelle et sombre dans l'anorexie.

L'enfance qu'elle décrit dans ses romans est par conséquent solitaire, mais frappée du sceau de la liberté, tandis que l'adolescence constitue un tournant particulièrement difficile, une lutte contre les barrières imposées par la société. Elle est d'ailleurs vécue par Patrick Nothomb comme un « rétrécissement de ses horizons » (p. 108).

L'IMMINENCE DE LA MORT ET LA PULSION DE VIE

Parce qu'elle a écrit *Premier sang* suite au décès de son père, Amélie Nothomb a décidé que les premiers mots de ce roman seraient consacrés au premier rendez-vous manqué de Patrick Nothomb avec la mort.

Dès les premières pages, elle raconte ainsi comment, dans le cadre de la prise d'otage de Stanleyville, son père a été emmené par les rebelles face à un peloton d'exécution, où il était sur le point d'être abattu lorsqu'est intervenu le président Gbenye.

Aussi et surtout, elle décrit le sentiment qui traverse cet homme, confronté à l'imminence de sa propre mort. Il ressent bien sûr de l'indignation quant à l'injustice de mourir jeune et en bonne santé, ainsi que de l'angoisse quand il songe aux autres otages qu'il ne pourra plus défendre désormais, mais il éprouve également une vague de plaisir et d'impatience, et une joie de vivre d'autant plus forte qu'il est plus que jamais conscient qu'elle est éphémère. Pour la première fois, il est véritablement en mesure de jouir de l'instant présent, dilaté dans les secondes qui précèdent l'exécution :

> *Chaque moment est sécable à l'infini, la mort ne pourra pas me rejoindre, je plonge dans le noyau dur du présent.* (p. 11)

Pour écrire ce passage, Amélie Nothomb s'inspire de Dostoïevski, un célèbre écrivain russe du XIXe siècle mentionné explicitement dans son texte pour avoir connu une expérience similaire. Condamné à mort en 1869 en tant que membre d'un cercle révolutionnaire allant à l'encontre de la politique du tsar, il est en effet sur le point d'être fusillé lorsqu'il apprend que sa peine a été commuée en quatre années de travaux forcés et, de retour dans sa cellule, il écrit à son frère Mikhaïl pour lui décrire la joie indescriptible d'être en vie.

Cette joie paradoxale, cette pulsion de vie qui précède la mort est également le thème central de *Soif*, une réécriture à la première personne de la Passion du Christ publiée en 2019 par Amélie Nothomb. Comme le père d'Amélie, Jésus éprouve effectivement un regain d'amour pour la vie et le monde qui l'entoure tandis qu'il marche vers sa croix…

L'analepse

Après un premier chapitre portant sur la prise d'otage de Stanleyville en 1964, le narrateur relate les évènements de son enfance survenus 28 ans plus tôt.

Ce procédé narratif consistant à opérer un retour dans le temps est appelé analepse. Il est utilisé dans *Premier sang* pour capter l'attention du lecteur, en mettant en évidence une scène marquante, mais aussi pour ménager un certain suspense, puisqu'il faut attendre le dernier chapitre pour savoir comment la première scène se conclut.

PISTES DE RÉFLEXION

QUELQUES QUESTIONS POUR APPROFONDIR SA RÉFLEXION…

- Comparez la narration de *Premier sang* avec celle de *Soif*.
- Citez un passage dans *Premier sang* où Amélie Nothomb a recours à l'hyperbole à propos de la tribu des Nothomb. À quelle fin utilise-t-elle cette figure de style dans ce contexte ?
- Amélie Nothomb dresse dans ce roman un portrait peu flatteur de son arrière-grand-père, qu'elle n'a pourtant pas connu. Considérez-vous qu'elle a sali la mémoire de ce dernier ? Argumentez votre réponse.
- Quels points communs relevez-vous entre l'enfance de Patrick Nothomb et celle d'Arthur Rimbaud, son poète préféré ?
- Comparez l'enfance telle qu'elle est représentée dans *Premier sang* et dans *Sabotage amoureux*.
- En quoi le ton de ce roman est-il comique ? Justifiez par un extrait.
- Amélie Nothomb a souvent répété lors d'interviews que les mots ont un grand pouvoir, puisqu'ils sont capables de tuer comme de sauver une vie. Comme cela se manifeste-t-il dans la profession de son père ?

- À la lumière de la lecture de *Premier sang*, expliquez de quelle manière le père d'Amélie Nothomb a influencé son œuvre.

- Commentez la phrase « il ne faut pas sous-estimer la rage de survivre ». Dans quel contexte est-elle employée, que signifie-t-elle et à quelle thématique chère à l'auteure renvoie-t-elle ?

POUR ALLER PLUS LOIN

ÉDITION DE RÉFÉRENCE

- NOTHOMB A., *Premier sang*, Paris, Albin Michel, 2021.

ÉTUDES DE RÉFÉRENCE

- LEBLANC A., « Le statut comparé de l'autofiction chez Benjamin Constant et Amélie Nothomb : une histoire de genre ? », in *Synergies Pays Scandinaves*, Sylvains les Moulins, Gerflint, 2014 : pp. 37-48.

- DE TRAZEGNIES O., « Pierre Nothomb, aïeul d'Amélie, n'était pas un personnage monstrueux » in www.lalibre.be, consulté le 512/2021. URL : https://www.lalibre.be/debats/opinions/2021/11/16/pierre-nothomb-aieul-damelie-netait-pas-un-personnage-monstrueux-URBAHTSR3FEMFELZI3EBHBQ56E/

Votre avis nous intéresse !
Laissez un commentaire sur le site de votre librairie en ligne
et partagez vos coups de cœur sur les réseaux sociaux !

L'éditeur veille à la fiabilité des informations publiées, lesquelles ne pourraient toutefois engager sa responsabilité.

www.lepetitlitteraire.fr

ISBN version numérique : 9782808026833
ISBN version papier : 9782808026840
Dépôt légal : D/2021/12603/182

Conception numérique : Primento,
le partenaire numérique des éditeurs.

www.ingramcontent.com/pod-product-compliance
Lightning Source LLC
LaVergne TN
LVHW020537160826
845677LV00015B/4118

* 9 7 8 2 8 0 8 0 2 6 8 4 0 *